رواية

الغيرة القاتلة

د. جُمان الريحاني

إهداء..

إهداء إلى الأرواح الطاهرة في الأجساد وبعد

مغادرتها

إهداء إلى الحق الذي ينتصر دائما

إهداء إلى العلاقات الطيبة وإن لم تكن

بالدماء، فالدماء تصبح سما أحيانا وليس فقط

ماء

جمان الريحاني

أجمل شعور يمكن أن يختبره الشخص هو النجاح، ونجاح شخص تحبه مثله مثل نجاحك الخاص بالضبط، فتشعر بنفس الفرح وتغمرك نفس السعادة،

وعندما تسمع خبرا يسعدك فأول ما تفعله هو نقل ذلك الخبر لمن تعتبرهم أحباؤك لكي يشاركوك الفرح، هذا هو ما فعله زكرياء عندما خرج من مقهى الانترنت بعد أن اكتشف بأنه كان ضمن قائمة الناجحين في شهادة البكالوريا.

زكريا هو شاب جميل الوجه وسيم أشقر وله عيون خضراء، جذاب ومؤدب، إنه شاب صغير في عمر الزهور.

يحب خالته شريفة مثل حبه لوالدته بالضبط، فكانت خالته هي صاحبة الاتصال الثاني بعد والدته لكي ينقل لها خبر نجاحه لأنه يرى بأنها تحبه وتعتبره مثل ولد لها رغم أن خلفتها كلها بنات فقد كان لها من البنات

الخالة والأم وجها العملة الواحدة

كان يرى زكرياء بأن خالته لا تكاد تختلف عن والدته بشيء، وهو يقصد من ناحية الحب والحنان والعاطفة، أما من ناحية الشكل فقد كان الفرق بينهما واضح وضوح الشمس، إذ كانت شريفة (خالته) بدينة سمراء البشرة مقرونة الحاجبين إذ لحاجبيها شعر كثيف يجمعهما في الوسط

أما والدته فقد كانت صغيرة البنية جميلة بيضاء البشرة، لها شعر أشقر، مبتسمة على طول الزمان

بشوشة ولها قلب عطوف حنون، تحب زوجها وابنها وأختها وبناتها ولا تفرق بين الجميع في المحبة فهي تحب الجميع.

استقبلت سامية اتصال زكرياء الذي قال لها:

ألو... مبروك علينا يا والدتي، مبروك عليك وعلى الوالد، أنا اهنؤك بنجاحي الذي هو نجاحكم جميعا

لقد نجحت يا أمي وقد تحصلت على شهادة البكالوريا، وبالمعدل الذي تمنيته أنت والوالد

الوالدة(سامية):

الحمد لله يا زكرياء..

هل رأيت كيف أن الجهد الذي بذلته قد أثمر

الجهد لا يضيع هباء

سوف اتصل بوالدك حالا

لا تتأخر يا بني.. تعال فورا..

زكرياء:

أمي سوف اتصل بخالتي لكي أزف إليها البشارة وبعد ذلك أعود إلى البيت

بالسلامة..

فرحة النجاح

لم يكتف زكريا بالاتصال بوالدته ليتصل بخالته التي يعتبرها والدة له أيضا، وهو في طريق العودة إلى البيت، تفاجأت خالته بالاتصال

كما تفاجأت بالنجاح ولكنها كانت تعلم بأن ابن أختها محظوظ مثل والدته رغم أن النجاح نتيجة عمل وجهد، ولكن في نظرها المسألة مسألة حظ، كما أظهرت له الوجه الجيد كما اعتادت وأظهرت له فرحها بالخبر من خلال صوتها وكلامها.

زكرياء:

ألو ..خالتي شريفة لقد تحصلت على شهادة البكالوريا يا خالتي

شريفة:

أحقا ما تقول.. ؟ أنا لا أصدق ..حسنا ..إذن يجب أن تأتي إلى هنا حالا، حالا... لتشرب قهوة الشهادة.

زكريا :

آه.. خالتي..لقد وعدت أمي أن أعود إلى البيت حالا ولكن لا عليك سوف آتي إليك أولا

لا تنسي أن تحضري القهوة لكي لا أتأخر عن الوالدة.

شريفة:

القهوة.. آه.. لا تقلق بشأنها لن أجعلك تتأخر، تعال فقط، أنا في انتظارك..

لا تتأخر..

إياك أن تذهب إلى بيتكم إلى والدتك وتنس أمري سوف أزعل منك.

أنا....أنت تعلم أنني أحبك أكثر من سامية.. أنت كابن لي وأمك تعلم ذلك

كان إصرار شريفة على زكرياء بأن يذهب إليها ليس مزحا، وقد كان يظهر بأنها تحبه حبا فياضا.

أما عن زكريا فقد كان يحب خالته حبا صادقا، لذا لم يكن يرفض لها طلبا، كان يعاملها مثل والدته، ولكي لا تكون هناك حساسية كان يميزها في معاملته عن والدته أحيانا من أجل أنه كان يشعر

بأنها تتنافس على محبته مع والدته، ولم يدرك بأن هذه التصرفات قد تترجم غيرتها من والدته، بل كان يعتبرها حبا زائدا.

وصل زكرياء إلى بيت خالته، حيث سمع صوتها

في الداخل وهي تنادي ابنتها، بينما كان يقرع

جرس الباب، وهي تطلب منها فتح الباب لزكرياء.

الخالة:

أسرعي يا بنت وافتحي الباب لابن خالتك زكرياء

أنه يدق الباب، أنا في انتظاره منذ وقت

سعاد:

أمي لما أنت تتصرفين هكذا؟

أنت ترددين .. زكرياء...زكرياء..،

عندما تتكلمين عنه أشعر أنه هو ابنك ولسنا نحن بناتك

إن خالتي أفضل منك

لديها ولد واحد وهي تحبه كثيرا، أما أنت لديك أربع بنات، وتحبين ابنها أكثر منا

إنه حقا لمحظوظ هذا الزكرياء

الخالة:

لقد طلبت منك الإسراع لكي تفتحي الباب له فنفذي ما طلبت منك بسرعة وأنت صامتة.

أخذ زكريا وقتا أمام الباب وهو يسمع الحوار الذي يدور بين خالته وابنتها الشقية سعاد، والتي لم تكن تظهر محبة كالتي تظهرها والدتها لعائلة خالتها، وقد كان لها لسان سليط وتصرفاتها غير مهذبة.

تفتح سعاد الباب..، وهي في حالة غضب،
وملامحها قاسية خشنة وحادة .

سعاد :

مهلك..، رويدك.. أنا قادمة، نحن لن نطير لما كل
هذا الإزعاج

زكرياء:

مساء الخير سوسو، هنئيني لقد نجحت وتحصلت
على البكالوريا.

سعاد:

نجحت.. وماذا في ذلك؟ وماذا بعد؟
كل الناس ينجحون، ولم يتغير في العالم شيء

الخالة :

أهلا.. يا بني زكرياء.. مبارك عليك يا حبيبي،

تعال لتشرب قهوة النجاح.. اجلس

زكرياء:

خالتي أنا سعيد وأنت أول من قابلته، أنا لم أذهب إلى البيت بعد.

الخالة:

طبعا.. يجب أن تكون أنا هي من لها الأولوية لديك إذا لم تأت إلى خالتك إلى أين يمكنك الذهاب؟

اجلس الآن.. وفكر جيدا في الهدية التي تريدها من خالتك.

وأنا سوف أذهب لكي أحضر القهوة (تعتبر القهوة مثل شربات الأفراح)

بعد ذلك الاستقبال المختلف بين البنت ووالدتها لزكرياء، تركته خالته لوحده، وتوجهت إلى المطبخ من أجل إعداد فنجان القهوة له.

عندما كانت الخالة شريفة في المطبخ تعد القهوة أخذت من صدرها حزمة حمراء وفتحتها، ووضعت منها شيئا ما في فنجان القهوة، ثم أخذتها إلى زكرياء الذي كان يجلس في الصالون.

فأصرت عليه لكي يشرب فنجان القهوة لغاية في نفسها، بينما كان هو غير راغب في القهوة، ولكنه

طبعا.. لا يجعل خالته تغضب، ولا يرفض لها طلبا

فدار بينهما الحوار التالي:

الخالة:

تفضل يا بني اشرب (القهوة)

أنا سعيدة من أجلك

مبارك عليك

زكرياء:

والله يا خالتي.. لا رغبة لي بشرب القهوة، لقد جئت فقط لكي لا تزعلي في حالة ما إذا ذهبت إلى البيت أولا.

الخالة:

لا ... إن لم تشرب سوف أزعل حقا.

زكرياء:

رشفة فقط لكي لا تزعلي

الخالة:

لا أقسم بالله إن تكلم كل الفنجان إلى آخر قطرة.

يشرب زكرياء القهوة، ويهم بالرحيل، فيحس ببعض الإغماء، ثم يتماسك ويخرج .

زكرياء:

يجب أن اذهب الآن يا خالتي، وشكرا مجددا على القهوة.

الخالة:

بالصحة والشفا هاذي قهوة النجاح قهوة البكالوريا.

زكرياء:

أنا أشعر وكان الأرض تلف بي

الخالة:

bien sûr

طبعا هذا شعور عادي لأنك سعيد، ومن الفرح تشعر هكذا، إن الأرض لا تستطيع أن تحملك من قوة السعادة.

زكرياء:

خالتي عن إذنكم..

بلغي سلامي إلى البنات.

بعد مغادرة زكرياء بيت خالته شريفة، وبعد أن أوصلته بنفسها إلى باب البيت، وأغلقت الباب وراءه، وهي في حالة غير مفهومة، لقد كانت تمسح على صدرها، وهي تتنهد وتكلم نفسها، وتقول:

آه.. آه.. يا الدنيا

هذا ما كان ينقصك يا سامية.

ابنك سوف يصبح ذا مستوى

niveau

ومن الجمال والوسامة، هو يحقق ذاته

Bougous

منذ البداية وأنت محظوظة فحتى خلفتك ولد ذكر وهو يكبر أمام عينيك كل يوم.

منذ البداية وأنت تحصلين على أفضل الأشياء مقارنة بي

حتى من والدينا كنت أنت التي تحصلين على الحصة الأكبر من الحب، وها أنت اليوم تحصلين على الكثير من الدنيا أيضا

محظوظة منذ ولادتك.

أنا لا يمكنني أن أصدق حتى حظك في الزواج ذلك الرجل كان من الأفضل لو كان زوجي أنا

آه.. يا سمير..

لو كنت أنا زوجتك لكنت أتنعم في مالك الكثير

اللعنة عليك.

اللعنة عليك.. لأنك قد تزوجت سامية الباهتة فقط
لأنك تعتقد بأنها شقراء وتركتني..

تركت شريفة السمراء التي مثل القمر

غيرة وحقد

من الصعب الكلام عن حالة شريفة، ووصف إحساسها الذي كان بشعا للغاية، لقد كانت حسودة بشكل فضيع، غيورة، وبوجهين.

كانت شريفة تحسد أختها الوحيدة على كل النعم التي أمدها بها الله، وتتمنى لو تسرق منها حظها وحياتها، كانت تتمنى زوال النعم عن أختها، بل وأكثر من ذلك كانت تتمنى لو أنها هي من تحصل على كل ما تمتلكه أختها حتى من زوجها وابنها.

كان هذا هو إحساس شريفة الذي تخفيه وراء قناع تلبسه أمام أختها وعائلتها، وتحرص على الظهور بهذا القناع وأن لا يكشف أمرها، فهي لا تحب أن تبدو ناقصة أ منكسرة وأيضا تحب التباهي بالحنان والعاطفة، لأن أختها تظهر للجميع بهذا الشكل الذي هو حقيقتها.

عاد زكرياء إلى البيت الذي كان مليئا بالشوق له فقد كان الجميع في انتظاره، وقد أخذ وقتا في بيت خالته بعد الاتصال بوالدته التي كانت تنتظره على أحر من الجمر فتأخر عليها.

يدخل زكرياء البيت فتستقبله والدته بالزغاريد وهي في حالة فرح، يحس زكرياء بالإغماء طول الوقت فتعتقد والدته بأن الإغماء مجرد شعور لشدة الفرح.

ثم يدخل الوالد وهو يحمل الحلوى.

الوالدة:

(وهي تزغرد) يو يو...

ابني العزيز.. نور عيوني مبارك علينا يا بني..

لقد أخبرت والدك بالخبر السعيد، وهو في طريقه

إلى البيت ولكن لما تأخرت أنت؟

زكرياء:

لست بحالة جيدة، أنا اشعر بالإغماء يا أمي ... لقد

كنت عند خالتي شريفة.

الوالدة:

اجلس يا بني..

ربما لشدة الفرح، اجلس وسوف تصبح أفضل

ها قد وصل والدك.

الوالد:

السلام عليكم، أين هو ابني البطل؟

زكرياء:

أهلا أبي ...أنا أشعر بالنعاس قليلا.

الوالد:

تعال يا بني.. لكي أسلم عليك وأهنئك

ثم خذ هديتك مني، وبعد ذلك يمكنك أن تفعل ما

تشاء..

زكرياء:

سامحني يا والدي أنا لست بحالة جيدة

لا يمكنني الوقوف على رجليا للحظة أكثر

سامحني أريد أن انصرف إلى غرفتي

الوالد:

إذن.. خذ هذا مفتاح سيارتك إنها أمام الباب

يقبل زكرياء جبين والده وهو يتمايل ويستأذنه
ليذهب لينام

زكرياء :

سيارة.. نعم آه أنا ذاهب لكي أنام

الوالدة:

ماذا عن العشاء؟ ....والحلويات ....

زكرياء:

أمي رجاء فيما بعد أنا لست أشعر بحالة جيدة

الوالد:

اتركيه يا سامية..

دعيه لكي يذهب لينام ويرتاح

لقد كان يدرس بجد لسنة كاملة

الوالدة:

أنا سعيدة الحمد لله

يا رب لك الشكر والحمد لقد غمرتنا بالسعادة أنا وسمير وزكرياء

الحمد لله

نعم.. لقد كان زكرياء تعبانا، ولكن ليس من دراسة عام كامل بل كان هناك سبب آخر وراء تعبه الجسدي، والألم الذي كان يشعر به، فلكل عارض جسدي أسبابه، وما حدث مع زكريا كان سببه خفي وليس واضحا.

أما والداه فلم ينتبها كثيرا لأن الفرحة كانت تغمرهما، رغم أن زكريا كان وجهه أصفرا شاحبا

يبدو عليه الإرهاق واضحا، بالإضافة إلى ذلك الإغماء الغريب والذي لم يكن معروف السبب ولو من طرف الولد.

بعد مرور فترة من الوقت.. حوالي شهر ونصف الخالة تهم بالخروج من البيت وهي على عجلة من أمرها.. وتوصي ابنتها.

شريفة:

اسمعيني جيدا يا سعاد سوف أذهب إلى مكان قريب وأعود سريعا، عندما يأتي زكرياء إياك أن تتركيه يغادر

فلينتظرني سوف أعود سريعا.

إذا سأل عليا أخبريه بأنني سوف أعود سريعا

وإذا شعرت بأنه قلق فقولي لأخواتك أن يقوموا بتسليته والترفيه عنه قليلا أو اطلبوا منه أن يأخذكم نزهة بالسيارة

سعاد:

ولكن لما يا أمي؟

بما أنك ستخرجين.. لما طلبت منه القدوم؟

وهو لن يجدك في البيت.

شريفة:

سعاد أنا في حاجة له لذا يجب أن يأتي الآن وفورا وأن ينتظرني هنا... هل فهمت كلامي؟

سعاد:

ولكن يا أمي إلى أين أنت ذاهبة؟

شريفة:

إلى أين أنا ذاهبة؟

يا للعجب، هل هذا أمر يخصك؟

افعلي ما طلبته منك وإياك وكثرة الأسئلة ولا التدخل فيما لا يخصك.

هيا اذهبي أنت تجعلينني أتأخر عن موعدي وبالتالي سوف أتأخر عن زكرياء أيضا لأنه سوف يأخذني إلى الطبيب.

تخرج شريفة من الباب وتغلق سعاد الباب وراءها وهي تكلم نفسها.

سعاد:

آاااااآه.. هذه أمي كالعادة عندما تقرر فعل شيء فإنها تفعل كلما يلزم، ولا تتيح المجال لأي أحد أو أي

شيء ولا تهدر ثانية من تفكيرها على غير ذلك الهدف

خيرا يا رب..

ولكن لا أعتقد أنه يوجد في الأمر خير

تظاهرت شريفة بالمرض وبالذهاب إلى الطبيب من أجل أن تستغل زكريا الذي يبدو وكأنها قد وضعته هذه المرة في رأسها ولن تخرجه من تفكيرها بسهولة.

بل يبدو وكأنها تنوي على فعل أمر ما، ومن المؤكد أن ما تنوي فعله هو أمر سيء ولا يعود بخير على ابن أختها ولا على أختها، أما هي فتعتبر ما تفعله يصب في صالحها.

يصل زكريا بسيارته الجديدة، وينفخ البوق لكي تفتح سعاد باب البيت، وترسل له أختيها الصغيرتين لكي لا يشعر بغياب أمهم حتى ترجع من مشوارها، وتخبرانه بأنها قريبة من البيت ولن تتأخر.

تأتي الخالة وهي مسرعة وتركب السيارة مع زكرياء وهي تلهث وتكلمه عن حالها .

الخالة:

آخ آخ يا ابني .. أنت هدية من الله، الله قد بعثك لكي تساعدني، أنا لست بحالة جيدة يا بني إنني مريضة ومثلما أخبرتك على الهاتف صباحا يجب أن تأخذني إلى الطبيب، من الجيد أن أصبحت لديك سيارة.

زكرياء:

خير إن شاء الله يا خالتي .. ما بك؟

الخالة:

لا أدري حقيقة الأمر، سوف نذهب إلى الطبيب
وهو يخبرني مما أعاني

ليلة البارحة أنا لم أذق طعم النوم

الحمد لله يا ولدي يمكنني الاعتماد عليك لقد
أصبحت رجلا ولديك سيارة وأنت من تأخذني إلى
الطبيب أنا فخورة بك

زكرياء:

نعم.. يا خالتي يمكنك الاعتماد علي، سوف آخذك
لكل مشاوريك والى أين تريدين.

أنا فقط كنت على موعد مع صديق لي لكي نتنزه
بالسيارة، وعندما لم أجدك قلت في نفسي إن كنت
ستتأخرين يمكنني الذهاب إليه ثم العودة إلى هنا
مجددا.

الخالة:

لا لا ...لا يمكن ذلك... أنا لم أتأخر ولم أكن لأتأخر لأنني على موعد مع الطبيب...كما أنني لم أكن بعيدا لقد ذهبت إلى إحدى صديقاتي لاستلاف مبلغ من المال أنت تعلم بأننا فقراء.

زكرياء:

لا تقولي هذا الكلام يا خالتي، نحن عائلة واحدة، أنا هنا يمكنك الاعتماد علي الست مثل ابن لك، أنا ادفع المال للطبيب عنك وأيضا كلما ما تحتاجينه اخبريني فقط.

كلما ما املكه أعطيه لك بدون تردد، أظن أن أمي لم تكن لتقصر معك لو علمت بالأمر، ألم تكن تقف إلى جانك دائما!!

الخالة:

نعم أنت ابني، لطالما كنت كريما ووالدك أيضا رجل كريم

وتكلم شريف نفسها (حوار داخلي) ثم تكلمه.

(لو كنت محظوظة لكنت أنا هي الزوجة التي حظي بها والدك، لكنت الآن أملك ذلك البيت الكبير والجميل، لكنت أنا التي تتنعم بمال والدك، ولكن لطالما كان الحظ من نصيب سامية، الدنيا دائما في صالح سامية وتعطيها كلما تريد)

كما أنها محصنة من العين والحسد، وكأنها مصنوعة من فولاذ.

الخالة:

أخبرني يا زكرياء ما الذي فكرتم به عن الدراسة التي سوف تتخصص بها لم يبق الكثير عن الدخول الجامعي؟

زكرياء:

آه(يضحك)

أمي تفكر في الانتقال إلى بيتها الذي في العاصمة لكي تصبح قريبة مني ومن الجامعة لكي لا أشعر بالوحدة فانا لم أتعود على فراق والديا.

وتعود شريفة إلى الحوار الداخلي وهي تقول:

معك حق، وهل لسمير شغل شاغل غيركم، وكأنه يعبدكم وكأنكما آلهة في نظره

إن سمير رجل تافه لو كان رجل حقيقي كان قد تزوج على سامية بعد أن ثبت بأنها لا تستطيع أن تنجب له.

ولو أن سمير ذلك كان قد وقع في فخ الذي صنعته له منذ زمن طويل وأعجب بي بل واتخذني ... لما كنت أنت وأمك قد وصلتما إلى ما وصلتما إليه اليوم.

ولكن وبالرغم من كل ذلك صبرا أنت وأمك سوف ألقنكم درسا يوما ما فصبرا.

ثم أكملت كلامها وقالت له:

زكرياء بني أوقف السيارة أمام حمام السلطان، هناك سوف أجد صديقة لي لكي تعطيني عنوان الطبيب أنا لا أعرفه، انتظرني قليلا سوف أرجع في الحال.

زكرياء:

حسنا.. يا خالتي الحبيبة كما تريدين.

لم يكن كلام الخالة شريفة صحيحا ولا تصرفاتها بريئة بل كان وراء كل كلمة نوايا مختلفة ووراء كل تصرف هدف وغاية.

كانت شريفة ذكية وتتميز بالخبث والحيلة لذا كان يصعب كشف خططها وفهم نواياها الحقيقية، فكان وجهها الذي تتعامل به غاية في الحرفية والثقة والتوازن.

ها قد وجدت شريفة ما يجعله تطلب من زكريا التردد على بيتها لأسباب أكثر وأن تدعي أنها بحاجته وأنها تريد مساعدته وتطلب من يد العون في بعض الأمور، ولكنها كانت مدعية فقط وليست حقا تبحث عن العون.

ولكنها حقا تحتاج تواجده بجانبها وفي بيتها وأن

تراه أمامها أحيانا من أجل التأكد من نتائج ما تفعله

وما تضمنه في خاطرها.

حمام النساء

شريفة داخل الحمام مع إمارة أخرى اسمها أم الخير وتتكلمان عن عنوان الطبيب.

شريفة:

كيف حالك يا أم الخير؟

هل أحضرت لي عنوان الشيخ ...؟

أم الخير:

أرى إنك مصرة هذه المرة، النية واضحة..

شريفة:

أنا أصدقك الكلام، لا يمكن أن أنكر أن عمله جيد جدا، بل ممتاز، أنت تعلمين بأنني كنت أجرب عمله ولكنني الآن على علم بمدى قوته الجبارة.

اليوم أقول لك بأن المال حلال فيه، ولو كانت ملايين لا يهم فالمهم عندي النتيجة.

المليونان الماضيان لم يضيعا هباء وليسا خسارة فيه، فالقهوة قد أدت مفعولها، فالولد لم يعد مثلما كان في السابق انه في الخارج لو ترينه لن تتعرفي عليه.

لقد خسر الكثير من الوزن ولم يعد جميل الوجه مثل السابق، كما أن عيناه أصبحتا ذابلتان.. الإغماء لا يفارقه.

أنا معجبة بهذا الشيخ، فهو ليس مثل الشيخ السابق الذي كان كأنه ينومني مغناطيسيا لسنوات وأنا

47

استعين به ولكن بلا فائدة فقط خسرت أموالي عليه،
أما بالنسبة لسامية فهي تعيش في سلام مع سمير
وذلك رغم أعمالي لهما

وكأنها هي التي تعمل له الأعمالاً وليس أنا من يفكر
بهما وتصرف أموالها عليهما بدون فائدة

إن سمير مثل الأعمى مع سامية يطيعها في كلما ما
تام ربه.

الأمر الذي يحيرني وكان سمير هذا لم ير نساء
قبلها ولا بعدها، أما ابنها فهو كل يوم يكبر أكثر
ويصبح حظه أوفر في هذه الحياة الطائعة لهما.

أم الخير:

هل أحضرت ما يلزم معك ...؟

شريفة:

نعم طبعا، قطعة من ملابس زكرياء هذا الأمر سهل، لقد أصبح زكرياء منذ أن شرب تلك القهوة مثل الخاتم في إصبعي، وسوف أخذ شيئا من السيارة أيضا لأنه يسوقها وكأنها يطير مع الرياح كما أنه أصبح متكبرا منذ أن امتلكها، وكأنه وأمه يريدان قهري بشراء هذه السيارة.

كل يوم أنا احقد على سامية أكثر والكره لها يزيد في قلبي، أما هي فكل يوم ألاحظ بان السعادة التي تعيشها أصبحت أكثر.

الأمر الوحيد الذي اعتره انتصارا لي عليها هو أنني حرمتها من الإنجاب لمدة عشرين سنة، فعدم إنجابها للأطفال بفضلي أنا، وقد كانت تذهب إلى المستثفيات هي وسمير بلا فائدة.

أم الخير:

ولكن الشيخ يطلب مبلغا كبيرا هذه المرة، أنت تعرفين بأن الأمر الذي تطلبينه ليس سهلا بالمرة.

شريفة:

لا.. لا تقلقي أنا جاهزة، وليطلب ما يطلب، المهم أن أرى في سامية يوما، أنا جاهزة بكل ما يطلبه أنا رهن يديه.

والمال ليس بمشكلة بالنسبة لي أبدا.

وضعت شريفة يديها على حقيبتها وقالت لها هنا يوجد أربعة ملايين وأكثر إن أراد، أنا جاهزة .. أنا كلي جاهزة ... ورهن يديه

مقابل أن اخذ حقي من سامية يمكنني أن أدفع كل ما يطلبه مني الشيخ.

طلباته أوامر بالنسبة لي.

كان لشريفة أعوان من نفس شاكلتها فالطيور على أشكالها تقع، وهي تجد راحتها في التعامل مع من يشبهونها لأنها لا تضطر للنفاق أو التحلي بصفات شخص نبيل أو التعامل بلباقة بل تكون على راحتها وبوجهها الحقيقي.

لم تكن شريفة تمزح فقد كانت مستعدة لتقديم كل ما يتطلبه الأمر، كانت مستعدة لبذل مالها، ولتقديم حتى نفسها مقابل تحقيق كلما تريده وكلما تتمناه لأختها سامية وعائلتها.

كانت شريفة مصرة على تحقيق مرادها ولن يردعها أحد هذه المرة، فقد قررت وعزمت على الوصول إلى هدفها وعلى الانتقام من أختها التي تصيبها بالغيرة.

كانت شريفة تعلم بأنها لن تبلغ الدرجة التي فيها أختها، ولن تصبح يوما مثلها ولن تنال ما نالته أختها من حظ في هذه الدنيا، ولن يكون لهاما نفس المصير، لذا قررت القضاء عليها، ولأنه لا يوجد طريق لكي تعلو وتصل إلى أختها عزمت أن تكسرها وتحطمها، لكي تنزل هي إليها.

كانت غيرة شريفة من سامية هذه المرة قد وصلت إلى الحد الأقصى، مما جعلها تقرر التقدم هذه المرة والقيام بتصرف، تراه هي تصرفا حكيما.

البيت المهجور

مع اقتراب غروب الشمس تدخل شريفة إلى بيت مهجور لا يوحي بالراحة، كانت هناك في ذلك البيت جمع من النساء، كلهن ينتظرن.

فتدخل شريفة وهي في أبهى حلة لها وبماكياج فاقع الألوان وتلبس زوجا الأساور الذهبية غالية الثمن وتلبس مجموعة من الخواتم الذهبية، فقد تبرجت في الحمام .

يعود هذا البيت لشيخ يقولون أنه مبروك وهو في الحقيقة مشعوذ وساحر، وعندما تدخل إليه تقدم الاحترامات والتبجيل ثم تكلمه وتصف حالتها.

شريفة:

كيف حالك يا سيد الشيخ؟

أولا.. بأول..

أولا:

أريد أن أشكرك وأقدم لك كل الاحترام والتقدير على المرة السابقة، فتلك الأغراض التي أرسلتها لي قد أدت مفعولها.

الأغراض التي أرسلتها لي مع أم الخير من اجل للقهوة لها مفعول سار إلى حد الآن.

تعطي شريفة حزمة ثقيلة تخرجها من حقيبتها بها المال الذي طلبه، وهي تكلمه بكل فخر وإعجاب وعيناها لا تفارقان عيناه، وهي تقول:

والأمر الثاني:

خذ يا سيدي الأمانة التي طلبتها مني.

وثالث أمر:

ماذا تطلب غير ذلك يا سيدي، أنا بين يديك وكل مطالبك مجابة، سمعا وطاعة يا سيدي.

وبعد ذلك أخرجت من حقيبتها أيضا أشياء تخص زكرياء، وهي تقول:

وأردت أن أخبرك بالجديد الذي يحدث معي، الولد إنه في الخارج، هو الذي أوصلني إلى هنا.

لم يكن يعلم أن كنت سأدخل بناية أو امشي أكثر لم ينتبه لما فعلته، لقد تظاهرت بأنني سأدخل إلى

إحدى البنايات ثم دخلت الشارع الضيق، ومشيت حتى وصلت إلى هنا، والولد لازال ينتظرني عند بداية الشارع.

الشيخ المبروك والسحر الأسود

يقوم الشيخ بإلقاء بعض أنواع البخور على الجمر الذي أمامه ويكلم شريفة من غير أن يرفع نظره إليها.

الشيخ:

شريفة طلبك قد وصل وحاجتك مقضية، لذا يجب عليك أن تحسني للشيخ كما أحسن هو إليك، وحقق رغباتك..

شريفة:

يوم أدفن زكرياء تحت التراب، أقسم برأسك الغالي يا سيدي الشيخ، وسيد كل الناس، وأقسم لك ببناتي العزيزات بأنني سوف أحضر لك عشرة ملايين دفعة واحدة، وأضعها فوق الطاولة أمامك هنا.

ورجاء.. آخر أريد أن تجن سامية عندما تدفن ابنها كما أريد أن يهجرها سمير وأن يطلقها ويخرج من ذلك البيت بلا عودة.

فقط المثل بالمثل، مثلما سامية حصلت على كل شيء في هذه الدنيا، وهي أفضل مني في كل شيء أريد أنا أن أنتزع منها كل شيء، أريدها أن تخسر ابنها وتجن وتطلق.

الشيخ:

حسنا.. بما أنك جاهزة ومصرة وتعرفين ما تفعلين

ولديك كل ما يلزم اتركي الموضع عليا واطمئني.

كان عثور شريفة على هذا الشيخ هو أحسن ما حدث معها، لأنها ترى بأنه الشخص المناسب لتقديم المساعدة لها، لقد وثقت فيه من خلال الكلام الذي

سمعته عنه وعن قدراته، كما أنه قد قام بطلب مبلغ كبير من المال يكاد يكون فوق استطاعتها، وهذا ما جعلها تظن بأن عمله متقن ومضمون مما جعل أسعاره غالية.

لطالما رأت شريفة السعادة تملأ عيني سامية منذ أول يوم زواج لها، وكانت تغمرها السعادة أكثر كلما كانت ترى ابنها زكريا صغيرها و وحيدها وثمرة الحب بينها وبين زوجها الذي يغمرها بالحب والفرح.

كانت شريفة تعلم بان سر سعادة سامية هي أسرتها ابنها وزوجها، ورغم الوضع المادي الجيد والحال الميسور الذي تعيش فيه سامية إلا أنه من الواضح والجلي أن منبع سعادتها هما ابنها وزوجها.

لقد كانت شريفة تحسد سامية على كلما تمتلكه، فتعدد النعم التي تتنعم بها من جمال وصحة ومال وزوج محب، محترم، كريم، وفي يحبها ولا ينظر إلى غيرها، ولا يتغير عليها على مر الزمن،

حتى أنه اكتفى بطفل واحد منها ولم يعبها لأنها لم تستطع الإنجاب بعه، بل يحبها ويتمسك بها، ولها ابن جميل وسيم مطيع لا يكدر مزاجها ولا يزعجها بأي شيء ومهما كان، يشبه نسيم الربيع وزهر البراري.

بعدما فعلته شريفة طرأت أمور كثيرة على حياة
سامية وعائلتها، لقد طرأت تغيرات كثيرة عليها
لدرجة أنها انهارت تلك الحياة التي كانت شبه
مكتملة، وما أصاب حياتهم كسرها وسار بها إلى
الدمار، لقد مرض زكرياء ودخل في حالة
مستعصية من المرض ولم يجد له الأطباء من
علاج.

وبدل أن يتردد زكرياء على الجامعة وقاعات
الدراسة، أصبح يتردد على المستشفيات وقاعات

العلاج، وبدل أن يختلط بالطلبة والأساتذة اختلط بالأطباء والممرضين، وبدل أن يتناول المواد والمناهج انكب على الوصفات الطبية والأدوية.

لقد أصاب زكريا مرض لم يعرف كيف ومتى أصيب به، وتفاقمت حاله يوما بعد يوم، حتى انعزل عن أصدقائه وتوقف عن مزاولة الدراسة

وانسحب من حياة الشباب مثله والتي دخلها كجنة لبضعة أيام وغادرها إلى أسرة المستشفيات وسرير المرض في بيت أهله.

خضع زكرياء لعدة عميلات ولم تأت أي منها بنتيجة إيجابية بل كانت كأنها عمليات تعذيب لذلك الجسد المتهاوي والذي كان كل يوم في ضعف أكثر

فتغيرت حياة زكرياء وكذلك حالته النفسية والجسدية.

لقد تبدل شكله الخارجي ولم يعد نفس الشخص السابق وكأنما تم استبداله بشخص آخر هزيل

ضعيف البنية يشرف على الموت، وهذا أمر يمكن اكتشافه بسهولة من خلال شكله الخارجي.

بعد مرور سنة ونصف تدور الأحداث في رواق مستشفى حيث بعد أن يكلم الوالد الطبيب المسئول على حالة زكرياء، يتوجه إلى سامية التي تبدو منكسرة مجروحة الفؤاد ولا حيلة لها .

سمير:

اصبري يا سامية فالله موجود.. الله خير عوض

الطبيب يقول بأن العملية الأولى لم تأت بفائدة.

سامية:

ابني.. ابني لماذا يا ربي؟

ما الذي فعلته أنا؟

ما الذنب الذي اقترفته لألقى هذا الجزاء

ما الذي فعلته لكي ألقى هذا العقاب، ما الذي فعلته؟

ابني قد كان مثل الوردة المتفتحة

منذ أن دخل الجامعة وهو يذبل يوما بعد يوم

هل تذكر يا سمير الأيام الأولى لالتحاقه بالجامعة،
لقد كان هو وأصدقاؤه يعيشون في البيت، يملئون
البيت بالضحك واللعب

ما الذي حدث؟

سمير:

يجب أن نعود إلى بلدنا، لا فائدة من البقاء هنا،
لنأخذه إلى المستشفى هناك.

لقد اخبروني بأنه يوجد مختص هناك في هذا النوع من العمليات.

ولكن لا تتأملي كثيرا، لأنهم لم يقولوا بأن هناك أمل كبير في الموضوع.

سامية: (تبكي)

ولكن.. أنا أعلم ما يعنيه كلامك

أنت تقصد بأن نأخذه إلى أهلنا لكي يودعوه

أنا أعلم ابني لن يعيش مطولا

يا الهي.. من أين يأتي الصبر.

أظن أنني سوف أجن.

فجأة تقبل عليهم شريفة، وقد كانت تسترق السمع

وتتصرف وكأن الأمر يهمها وتقول:

أصبري يا سامية.. ربنا كما سيأخذه منك سوف يصبرك عليه.

الذي يخلق له الحق أن يأخذ أمانته التي يودعها بيننا

هو قادر على أن يرزقك الصبر على زكرياء

هل تعلمين أظن أنها عين قد أصابته لأنه جميل، وربما لأنه ناجح أيضا.

سامية:

لا .. ليست عين.

لقد أخبرنا الراقي بأن الأمر قد حل ولا يمكن أن يساعدنا، لقد قال بأن الأوان قد فات، وأن الفأس قد وقعت في الرأس ولم يستطع فعل شيء.

لقد اعترف الراقي بالهزيمة أمام ما حدث مع زكرياء، وقد كان عاجزا تماما.

وقال لنا أتركوا الأمر على الله..

دعوا الأمر لله

قال:

عليكم بالدعاء له، لا يمكنني فعل شيء له.

شريفة:!

الرّاااقي ...هكذاااا إذن....

وترمق شريفة سامية بنظرة ثاقبة يملؤها الحقد والحسد وتتنهد.

الأزمة والحزن العظيم

توفي زكريا بعد معاناة ومصارعة مع المرض وتأزمت حالة الوالدة ومرّت الأيام .

رغم أن الأمر قد استغرق بعض الوقت إلا أن ما قامت به شريفة قد أتى بنتيجة كانت هي النتيجة المرجوة، والتي كانت تطمح لها شريفة، وهكذا حققت مبتغاها ووصلت إلى ما كانت تتمناه.

جاء يوم ورأت فيه شريفة أختها منكسرة مهزومة، مدمرة وخاسرة، فأعظم خسارة للشخص أن يخسر ابنا له، فما بالك وان يكون هذا الولد هو كل ما كان

لديه وسامية لم تكن قادرة على الإنجاب، فقد كان زكرياء رحمه الله هو كل حياتها ومضغة قلبها وحبيب روجها، والرابط القوي بينها وبين زوجها.

لم تصدق سامية مع حدث معها ومع ابنها اللطيف البريء زكرياء الطيب.

لم تتمكن من قبول وفاته ومغادرته الدنيا وخروجه من حياتها، كما لم تصدق ما حدث معه والمعاناة التي عاناها والتي انتهت بالقضاء عليه.

شعرت سامية بشيء من الدمار وكثير من الانهيار، ولم يكن بجانبها سوى زوجها الذي كان هو بدوره مهزوم ومكتئب، بسبب ما حصل لابنه وحيده.

الابن الوحيد لهما وثمرة حبها ونور عيونهم.

زكرياء الذي كان رقيقا مثل النسيم، وجميلا مثل الربيع، وراقيا مثل السماء، ونقيا مثل المطر.

وكانت بجانبها مسبب هذا الحال البائس أختها ذات الوجهين، والتي كانت تمتلك قلبا أسودا، مليء بالحقد والغل.

دعاء بالخير

الدعاء بالخير أمر غير مشروط، ولا يتطلب القرابة أو الصلة بالدم لكي تذكر أخاك في دعاء بالسر أو في الغيب، فقد يستجاب لذلك الدعاء وتغير به حياة الآخرين من حال إلى حال حتى، وإن لم تكن تدرك حقيقة ما يعانون منه أو ما يمرون به.

وفعل الخير لا يأتي بالطلب فمن يفعل خيرا لا ينتظر المقابل ويفعل الخير من كرمه وسخاءه،

والدعاء لمن لا تعرفه هو من قمة العطاء إذ أنك تذكر غيرك حتى وإن لم تكن هناك مصالح متبادلة بينكما أو غاية مرجوة.

والشخص الجيد يذكر في سيرة جيدة والأشخاص تذكرهم أفعالهم جيدة كانت أو غير ذلك، ولا يعرف من يعتمد على الله من أين قد تأتيه المساعدة أو لأي غرض أو سبب.

فهناك أشخاص على الأرض يحملون رسائل قد لا نعرفها أو ندركها، فمن المؤكد بأنه ليس وجود كل هؤلاء البشر على وجه الأرض هو لسبب واحد أو لأسباب متشابهة، فلكل حكمة في وجوده، وعلمه الذي حصله.

البعض موجود للعيش والأكل واللبس فقط، وآخرون موجودون للعبادة، وآخرون لتحصيل العلم والمعارف، وآخرون للزواج والإنجاب، نعم..

هناك أشخاص يحددون وجودهم على الأرض
لأسباب معينة أو لسبب واحد معين، ومنهم من

يكرس كل حياته لفهم غاية الوجود ذاته، ومنهم من
ينهل من كل العلوم والمعارف حتى وإن لم يكفه
الوقت، ومنهم من يعطي نفسه لعلم واحد وقد لا
يستطيع حتى بلوغ ذروته لأن العلم في تطور دائم،
ومنهم من يضيع في تتبع الملذات والمسكرات،
ومنهم من يخطفه الموت باكرا.

من سمع قصة زكرياء وسامية يعتقد بأن القصة قد
انتهت في تلك النقطة ولكن للحديث بقية وفي مكان
مختلف عن تلك البقعة التي كانت بها شريفة وسامية
حدث ما يلي:

في موقف سيارات أجرة يجلس في سيارة
أجرة في المقعد الأمامي شيخ يلبس لباسا
أبيض وهو مليح الوجه ،يشع منه نور ...

وفي المقعد الثاني تجلس فتاة اسمها حياة
ثم تأتي فتاة أخرى اسمها ملاك وتصعد

في سيارة الأجرة ...

ويبدأ بين الفتاتين حوار والشيخ يستمع لهما

وهو منشغل بالتسبيح .

ملاك :

ألن تقلع يا سيدي؟

حياة:

مازال ينقصه راكبان، يبدو أنك في عجلة من أمرك.

ملاك:

لا .. لست مستعجلة أنا فقط اسأل من باب السؤال.

حياة:

إلى أين أنت متجهة؟ هل أنت من هذه المنطقة أم لا؟

ملاك:

لا .. لست من هنا لقد أتيت من أجل اجتياز مسابقة فقط هنا وها أنا عائدة إلى البيت .

حياة:

أتمنى لك النجاح في هذه المسابقة .. ان شاء الله .

ملاك:

وماذا عنك أنت؟

ما الذي تفعلينه هنا؟

حياة:

اوه بالنسبة لي...حكايتي طويلة، أنا جئت من أجل الجامعة وسوف أرجع مرة أخرى.

ملاك:

أنت تدرسين هنا إذن؟

حياة:

لا الأمر ليس كذلك ..أخي هو من كان يدرس هنا
وأنا الآن أقوم بتحويل أوراقه إلى جامعة أخرى

Transfert

أنا هنا من أجله، كان يدرس هنا ولكنه يريد أن يغير
الجامعة، رغم أنه يكمل دراسته هذه السنة.

ملاك:

بما أنه يكمل هذه السنة لما يغير الجامعة؟

حياة:

لم يعد يطيق هذا المكان ولا الجامعة، صار معه
حادث هنا.

ملاك:

حادث.. خيرا إن شاء الله

ما الذي حدث معه؟

حياة:

كان لديه صديق عزيز عليه، صديقه اللزم أي الحميم، وقد مات لذا أخي لم يستطع أن يتحمل الصدمة، ولا فراق صديقه العزيز.

لم يستطع أخي أن يزاول دراسته في نفس المكان، الذي كان يجلس فيه مع صديقه الذي غاب ولا نفس الساحات التي كانا يتمشيان فيها..

نفس الأقسام التي مازالت تحمل نفس الذكريات التي أصبحت أليمة.

لذا نصحته أمي بأن يغير الجامعة ولا يخسر دراسته وقد بقي أمامه سنة واحدة.

ملاك:

رحمه الله

وكيف مات؟

هل كان حادثا أم مرض؟

حياة:

أخي لهذه اللحظة لا يصدق بأن صديقه قد مات وغادر هذه الحياة.

إنه لا يصدق بان صديقه زكريا قد مرض وانفصل عن الدراسة، إنه قد خضع لعمليه ثم عاد به أهله إلى بلادهم وخضع لعمليه أخرى

لقد ذهب أخي لكي يزوره في بلاده، ولكنه عاد مفجوعا لقد أخبرها بأنه لم يتعرف عليه، وأخرى لم يعرفه من شدة ما تغير شكله.

كان أخي يبكي ويقول:

لم أستطع أن أتعرف عليه، وظننت أنهم يخدعونني، كل ذلك الشعر الأصفر قد ذهب ولم يعد موجودا

ذهب جمال وجهه وأصبحت عيناه غائرتان في وجهه.

لقد كان أخي يقسم بأنه وجد شخصا آخر لا يشبه صديقه أبدا.

وبعد أيام قليلة من زيارة أخي له سمعنا بأنه قد مات.

ملاك :

رحمه الله والهم أهله الصبر والسلوان وخاصة والدته.

حياة:

نعم.. معك حق إنها مصيبة قد حلت بها وخاصة انه ابنها الوحيد.

ملاك:

ما أصعب الأمر

لقد خطفه الموت.

اللهم الله أهله الصبر والسلوان، وجعل قلوبهم أقوى.

بعد أن سمع الشيخ الذي كان مع الفتاتين في سيارة الأجرة الكلام دمعت عيناه، ونزل من سيارة الأجرة ليتنشق الهواء النقي وهو يستغفر.

كانت سيرة زكرياء عطرة ومازالت حتى بعد وفاته، ومن الذين لا يعرفونه حق المعرفة، ولكن سيرته مازالت عطرة، من خلال كلام الفتاتين يمكن استخلاص بأن زكرياء قد مات ليس لأسباب مرضية بل لعارض آخر من العالم الآخر والعين حق.

والسحر مذكور في القرآن الكريم، ولا يمكن لأحد إنكار هذه الحقيقة.

كان كلام الفتاتين مؤثرا لدرجة أن ذلك الشيخ الصالح قد شعر بمدى صدق القصة، واستطاع أن يلمس كل ذلك الألم والمعاناة التي تحملها الحكاية في طياتها.

الشيخ الصالح الذي كان في سيارة الأجرة في بيته..
في جوف الليل أثناء قيامه بصلاة قيام الليل. يتذكر
في دعائه تلك العائلة التي سمع عنها في ذلك اليوم.

وهو في حالة خشوع وتضرع لله يقوم بالدعاء.

الشيخ الجليل:

يا رب يا مجيب الدعاء فأنت من قلت:

(إِذَا سَأَلَكَ عِبَادِي عَنِّي فَإِنِّي قَرِيبٌ أُجِيبُ دَعْوَةَ
الدَّاعِ إِذَا دَعَانِ)

يا ربي يا مجيب الدّعاء أنت أعلم بعبادك منّي

اللهم يا واسع العطاء، إني عبدك الفقير أسألك حاجة لعبد من عبادك في حاجتك أكثر مني يا من رزقتني حبّك وهديتني لبابك ...فأنت العزيز الحكيم.

اللهم اغفر لعبدك زكرياء، وتغمّد روحه الجنّة وأسكنه فسيح جنّاتك...

اللهم إني أسألك أن تصبّر قلب أمتك أم زكرياء وتقويها بالإيمان .

اللهم انصر أمتك المؤمنة الصابرة الطائعة التائبة، وأجرها في مصيبتها وأخلف لها خيراً منها .

اللهم أرزقها الخلف الصالح، ولا تذرها فردا، وأنت خير الوارثين .

اللهم هذه دعوة شيخ صالح يقف ببابك يطلبك برجاء...فأنت الرّزاق الغفور الرّحيم ...

كان دعاء الشيخ الصالح نابع من قلبه وهو خاشع في جوف الليل تذكر تلك العائلة التي عانت كثيرا، وأصابها ألم بالغ شقها وقسم أركانها.

دعا لرفع البلاء عن هذه العائلة، ودعا لهم بالصبر والجزاء والعفو والسماح والعطاء والرزق والصحة والشفاء.

دعا لتلك العائلة التي لا يعرف أفرادها، ولكنها شغلت حيزا من تفكيره، وأخذت جزء من مشاعره.

كل من كان يعرف سامية وزوجها سمير كان يدعو لهم بالخير، ويتألم لحالهم ولما أصابهما، فكلامهما طيبان ولا يستحقان كل هذا العذاب.

اعتقدت سامية بأن حياتها قد انتهت بسبب فقدانها لابنها..

واعتقد سمير بأن حياته قد انتهت بسبب فقدانه لابنه زكرياء، والمصير المحتم لزوجته إن بقيت سجينة هذا الحزن وهذه الحالة السيئة.

ولكن لا أحد يعلم الغيب ولا يستطيع أحد أن يجزم ما يمكن حدوثه غدا، لأن غدا هو يوم جديد ويحمل معه الكثير.

بعد مرور أربعة أشهر تقوم سامية في كل يوم كعادتها وهي في حال تتأزم يوما بعد يوم.

وفي هذا اليوم بالذات تقوم في الصباح مع غثيان صباح وآلام في البطن فيأخذها سمير مسرعا إلى المستشفى، ويصف الوضع للطبيب الذي ينتظر نتيجة التحليل.

سمير :

في الحقيقة يا دكتور زوجتي منذ أشهر وهي على هذه الحالة، منذ أن رحل المرحوم زكرياء، وهي كل يوم في حال جديد

الدكتور:

لا تقلق يا سمير، خير إن شاء الله، سوف نعرف ما الذي يحدث بمجرد أن نحصل على التحاليل

تدخل الممرضة وهي تحمل النتيجة

الدكتور:

الآن.. سوف نعرف ما الذي يزعج السيدة سامية استمعوا لي جيدا..

اسمعوا ما سأقوله لكم بشكل جيد، ولا تتفاجئوا بالنتيجة التي سأقولها.

مبارك عليكم سامية أنت حامل

سامية:

ماذا؟

ما الذي تقوله يا دكتور

لا أستطيع أن أصدق ما اسمعه

هل سمعت ما سمعته يا سمير.

سمير: sur

دكتور.. هل أنت متأكد مما تقوله؟

هل أنت متأكد من النتيجة جيدا؟

أحقا.. يا دكتور

الدكتور:

نعم.. أنا متأكد

وأظن أنها طفلة هذه المرة

هيا.. فكرا في اسم للعروسة منذ الآن

سامية :

الحمد لله

نحمد الله ونشكره على الفضل والنعمة

ثم قالت سامية والفرحة تغمرها:

زكية

سمير سوف نطلق عليها اسم زكية ما رأيك؟

سمير :

الحمد لله

ذهب زكرياء وبعث لنا الله زكية

بعد مرور سنة بالكامل من وفاة زكرياء ومغادرته الحياة، وتركه لذلك الفراغ الكبير والموحش في حياة والديه اللذان افتقداه أكثر من الجميع، رغم اشتياق البعض له.

لقد مر زمن ولكن الفراغ مازال موجودا، ومكان زكرياء مازال فارغا، وزكرياء لم يغب عن تفكير والدته للحظة واحدة، ولم ينسه والده أبدا.

بعد مرور حوالي سنة من الزمن يعود زكرياء لكي نراه في رواق مستشفى، وهو يلبس لباس المستشفيات بلون ازرق باهت، وهو في حاله جد سيئة بوجه باهت وملامح ذابلة وشعره محلوق، وتحت عينيه علامات التعب والإرهاق، وعلامات باللون الأزرق وشفاه بيضاء، وهو يتكئ على عصا، وكل الصورة يغلب عليها اللون الرمادي فهي صورة من حلم .

وفي المقابل نلقي نظرة على وجه سامية التي كانت
غافية وهي جالسة فتتفاجأ، وهي بوجه متورد
وملامح هادئة ومرتاحة وتتنفس..

وهي تحمل بين ذراعيها ابنة رضيعة بشعر أسود
أجعد، وبشرة سمراء وعينين بنيتين، لا تشبه
المرحوم زكرياء بشيء إلا أن اسمها زكية فتداعبها
أمها وتقبّل يدها الصغيرة، وهي تقول:

زكية يا نور عيوني يجب أن أحافظ عليك وأن أصونك مثلما أوصاني أخوك الحبيب زكرياء رحمه الله

لقد زارني أخاك في الحلم وحذرني من خالتي شريفة.

لقد قال لي لا تأمني لها، ولا لغيرها وحافظي على زكية أختي الصغيرة.

حفظك الله يا بنيتي العزيزة، ورحم الله ولدي الحبيب

(الغيرة تقدر تقتل من أقرب الناس)

وتقبل جبين ابنتها، وتلك هي النهاية.

عوض الله على سامية وسمير ولم ينسهما من نعمه
وخيرات ورزقه، فكان لهما نصيب من الحب
ونصيب في الزواج ونصيب في الإنجاب، فرزقا
لأول مرة بولد جميل يشبه الملاك.

وعندما افتكره مولاه وعاد إلى جوار ربه، ولكي
تصبر سامية التي انفطر قلبها على فراق ابنها
عوضها الله ورزقها بابنة جميلة رائعة.

ليست جميلة الوجه مثل جمال أخيها المتوفي، ولكنها جميلة بمقياس بريئة تجعل القلب يفرح وتغمر حياة والديها بالسعادة كما تملأ البيت بالفرح.

لطالما كانت ثقة سمير بالله كبيرة، وأيضا سامية التي كانت تؤمن بأن زكرياء كان ملاكا وهو في مكان أجمل من هذه الدنيا، وأن الله اختاره لنقاء قلبه وطهره، فهو أكمل من أن يعيش بين البشر ذلك الملاك زكرياء ملاكها الصغير.

رغم كل الجهود التي بذلتها والمحاولات التي حاولتها شريفة إلا أنها لم تستطع إرضاء غرورها،

وبالرغم من كل ما صنعته بيديها إلا أنها لم تشعر بالكفاية لأن الحياة عاكستها ولم تتح لها الفرصة للشتيمة كفاية.

كانت شريفة وبعد فرحة عارمة وإحساس بالقوة والسيطرة قد أصيبت بخيبة أمل، وخابت ظنونها ويئست من أعمالها وأعمال السحر.

فقد فاجأتها الحياة، وفاجأها القدر، اللذان كانا أحن على سامية من قلب أخت قاسية، قلبها أسود بالحقد والحسد والغيرة، وقاس كالحجر.

لم تستوعب شريفة جبر الخواطر الذي أرسله الله
سبحانه وتعالى لسامية وزوجها سمير بعد تلك
المصيبة التي حلّت بهما، لم تصدق وبعد أن
جرّدتهما من الرابط بينهما، وبعد أن كسرت
حياتهما.

وبعد أن رمت الحزن في بيتهما أن تعود المياه إلى
مجاريها.

لقد اعتقدت شريفة بأن تلك الحادثة سوف تقضي
على سامية بكل تأكيد، كانت تعتقد بأن زوجها

سوف يتخلى عنها، بل واعتقدت بأنه قد يطلقها ويبحث عن زوجة أخرى يرزق منها بأطفال.

اعتقدت بأن سمير بلا محالة سوف يبحث عن حياة أخرى بعيدا عن الكآبة والتعاسة، وأن يلوذ بالفرار من سامية وحزنها.

اعتقدت شريفة بأن وبموت زكرياء تكون قد أطفأت شمعة الحي بين سامية وسمير، وأنها بهذا الفعل تكون قد أطفأت شمعة حياة أختها وتظلم بيتها.

ولكن هيهات للظالم أن يفوز، وهيهات للظلم آن يستمر للأبد، فلا تجري الرياح بما تشتهي السفن، وإن كانت الحياة مسألة حظ فالحظ لم يحالف شريفة هذه المرة بل عاكسها تماما وأعطاها بوجهه السيئ.

شريفة التي اعتقدت بأنها دمّرت سامية، وقضت عليها إلى الأبد فقدت عقلها، لأنها لم تستطع أن تتحمل صدمة أن سامية رزقت بطفلة جميلة لطالما كانت تتمناها، وزوجها مازال يعجبها، بل

وأنجب منها، وعلاقتهما يظهر بأنها قوية ومتينة فقد اجتازا المحن معا.

تظن شريفة بأن سامية هكذا تكون قد نسيت ابنها وبدأت فصلا جديدا في حياتها، وقد غادرها الحزن بلا عودة، وسوف تبدأ حياتها من جديد ومن الصفر.

فعلاقتها بزوجها قوية والحب واضح بينهما، والطفلة الوليدة سوف تكون رابطا يجمعهما إلى الأبد، وييدو وكان تلك الأزمة لم تقم إلا بتقريبهما من بعضهما فأصبح سمير أحن على سامية وأكثر عطفا.

في الشارع تمشي شريفة وقد ذهب عنها العقل، ملابسها مهترئة ومقطعة وشعرها أشعث، وحالتها مزرية ومتسخة وتمشي بلا حذاء وهي ترعش بلحظات متتابعة وخلال الرعشة يرتفع، كتفها إلى الأعلى ويميل رأسها،وعينها اليمنى تتحرك بشكل لا إرادي، وهي تكلم نفسها وتتساءل ولا تصدق نفسها، وتضحك..

وتقول:

سامية.. سامية.. سامية أنجبت مجددا.

لقد أنجبت طفلة

سامية أنجبت طفلة؟ أنجبت طفلة !!!؟

سامية أنجبت طفلة ....هاها هاها ها ...

Sommaire